KB119462

마이산

봄의 마이산

여름의 마이산

가을의 마이산

겨울의 마이산

마이산

정재영 시집

109

문학수첩
시인선

작품에서 마이산을 굳이 속금산束金山이라 하는 까닭은 어머니께서 그리 말씀하셨기 때문이다. 조선조 태조가 속금산으로 불렀으니, 임금님 말씀을 지키는 것이 도리라고 생각하셨을 것이다. 마이산이라는 이름은 초등학교 모교 교가에 나오는 "마이산 정기 받아"라는 구절을 통해 처음 알게 되었다. 그래도 속금산이 더 살갑게 다가온다.

속금산은 나의 원형으로, 정신적 랜드마크land mark다. 남루한 언어를 가지고 그곳을 찾아가는 일은 언제나 미안하고 고맙고 나른하다.

정재영

1부 | 천지의 경계

2부 | 천지의 거리

3부 | 천지의 중심

4부 | 천지의 원소

해설 | 李姓敎(시인. 성신여자대학교 명예교수)

1부
천지의 경계

속금산 1
- 귀향

왜 떠났을까

돌아가고 말 일을

왜 모른 체했을까

잊을 수 없는 것을

속금산 끝자락 마을

황토 흙

내 몸이라서 그런가

짧은 하루해

멈추고 간

봄날만 아득히 길다

속금산 2
– 가을 들

산은
군주^{郡主}였다.
백성에게 하사한
비탈밭과 계단논

널티에서 시작한 물길로
수리^{水利} 잘 된 안방골은
좁아서 부대껴 사는
넉넉한 산골 나라

봄 여름 물길 내어
낮잠 자던 헛물레질 방앗간
메뚜기 철에는
보름달 아래서 바삐 돌았다

가을걷이 끝나기 전

눈이 먼저 내리는 들판

한철 애쓴 허수아비도

소도蘇塗*의 무당이었다

* 삼한 시대 각 고을에 방울과 북을 단 큰 나무를 세우고 천신에게 제사를 드리
던 곳

속금산 3

— 관제탑

늦은 밤 어둠에 붙들린
거실을 바라보는
건너 오피스텔 위에 뜬 만월
얼굴이 창백하다

속금산 두 봉우리가 받힌
산골 이야기를 끌고 와
걸음도 서행이다

어디를 가나 객지라서
따라오지 못한 너를
당신이라고 부르는
겨울 텅 빈 들판을 비추던 날

지금은

여기도

저기에도 없는

추수 끝난 빈 들판을 달려가던 전봇대들

가느다란 전선에 묶여

외치는 바람 소리로

겨울을 떨쳐 내고 있던 날밤처럼

아주 먼 날

전깃줄에 얽힌

도회의 거리를 떠나는

우주선이 있다면

그날처럼 속금산* 위엔

관제하는 둥근달 있을까

* 속금산束金山: 마이산의 별칭

속금산 4
– 깨처럼

칼날을 가는 바람의 계절
하늘을 향해 세워 말린 깨를 터는 사람은
마른 깨 다발 옮기면
낱알들이 떨어져 나갈지 몰라
말린 자리에서 터는 것을 알지만

속금산 기슭에 자란 깨알들은
깨알 터는 좁은 땅 하나 없어
아무도 모르는 곳 어디서나
사방팔방에서 흩어져
각각 깨밭을 이루고
입 다물고 지냈다

자기들 밭에서 다시 여문
탄탄한 깨알들이

기름틀에서 이겨지고 짓눌려
퇴비나 사료인 깻묵 덩어리 된 날

탑사 용천이나 용담 호수에서 내리는
금강과 섬진강 물처럼
이름 석 자 아무도 기억해 주지 않아도
어디서나 거친 땅을 기름지게 만들었다

속금산 5
– 돌아오지 않는 강

서투른 솜씨로
바지에 두 줄 선이 된 다림질처럼
타향은 언제나 어설픈 눈짓으로
얼굴은 겹겹 주름투성이가 되었다

속금산 바위에 반사되는 햇빛을 싣고
좁은 골짜기 사이를 푸름으로 흐르는
아버지 어머니 강이 있는
들판에 서면

앞산 산정을 허리 숙여 넘는
구름과 바람이
좁아진 내 가슴 들판을
촉촉이 펴고 있는데

아버지 어머니를 속으로 부르면

그 말이 긋고 가는 가슴판에

인두로 새긴 선명한 불도장 흉터

불효라는 수인囚人번호가 새겨진다

속금산 6

– 배려

유월 되기 전
고개는 낮아도
부황기 황달 얼굴로 넘어가기는
턱까지 숨이 차는 보릿고개

베적삼을 삐져나온 어머니들 마른 가슴
애들은 굽은 등에 파리 떼로 달라붙고
풋보리 설사 무더기가 개똥보다 많던 날

우남*과 동년배 할아버지 생신에 내려 준
돼지고기 두 근에
사람 수만큼 물 넣어 끓인 국으로
근근이 자라던 시절
국회의원이 보낸 한 장짜리 달력은
세월을 마냥 흘리고 있었다

철이 가도 허기진 배는 마찬가지

대수리** 머루 으름 포리똥***

사시사철 들고 오는 바가지에

먹을거리 떨어진 표정을 숨기더라도

살림 형편은 서로 잘 알아

어머니는 겉보리라도 수북이 담아 보냈다

산이나 냇가에 흔하고 흔한 것들처럼

그릇이 넘치도록 듬뿍 퍼 주던 마음

비어 있는 정지**** 안에 체면까지 채워 주던

가난하여 넉넉한 시절이 있었다

* 이승만 대통령의 아호
** 다슬기
*** 보리수 열매
**** 부엌

31

속금산 7
– 산속 이야기

정화수에 내려온 하늘은
언제나 침묵하였다.

이곳에 산다는 건
땅을 등져야 하는 일
꽃들도 산그늘에 숨어 피었다.

사람은
육탈(肉脫)하지 못해
마음이 팔려
서로 종(從)이 된 지 오래

하늘은
산 사이
샘과 꽃의 소원을 듣고

하늘길을 받친 탑 사이로
누구나 숨도록 해 주었다.

속금산 8
– 속마음

용서란 망각하는 일이라서
땅이 만든 욕망을 잊기로 했다

귀 달린 것이 무슨 슬픈 운명인가
바람결에 실려 오는
삭풍이 깨우는 소리

난청으로 귀를 막고
부정맥으로 가슴 문 걸어 닫아도
거부할 수 없는 이명耳鳴과
멈추게 못하는 심장이 외치는 고백들

용서를 빌까
구걸이라도 해야 할까
하늘 뜻 알기 위해

두 귀를 바칠 수밖에

속금산 9

– 응답

하늘 뜻 알고도
침묵하는 돌탑 기둥 탓에
밤새 정화수에 담긴
하얀 속말들

지나가다 들른 바람이
들킬세라 얼른 주워
말귀에 담는다

촛불에 숨겨
하얗게 밤을 새운
하늘을 향한 뜨거운 고집

하늘이 잡아끈
역고드름* 고운 손가락

비는 사람만 알라고

수화手話로 전해 준다

* 속금산 은수사에 정화수를 떠 놓으면 얼음 기둥이 하늘로 솟아오르는 현상

속금산 10
– 우수절기 전후 8

얼음 사이 졸졸 흐르는 물소리
아직도 겨울 녹아내리는 냇가인 것을

흐느적거리는 아지랑이
아직도 산 너머 있는 봄 손짓인 것을

당신은 산 너머 계시고
아직도 나는 얼음이 붙들고 있는 갯버들 이파리

겨울 사랑이 기다리는 봄은
아직도 우리처럼 강 너머에 있습니다

속금산 11
– 우수절기 전후 9

진종일 황사로
숨죽였던 저녁 별들

비 대신 쏟아져
푸른 보리밭에 내리면

가슴 밭에 숨어 있던
놀란 종달새

기다리는 소식 물으려
산 너머 마을로 마중 가려 하네

속금산 12
– 죽마고우

속금산 샘물이 턱 하나 사이로
섬진강 아니면 금강이 되어
남해와 서해로 멀어져 버리듯

가을 하늘 노을에
수수 모가지 붉은 알알 눈물 남기고 떠나간
되식이 태식이 옆집 친구 경주

어느 강가 풀숲에 붙잡혀 쉬고 있는지
해일로 도착한 조류에 밀려
대양 끝 모래사장을 적시고나 있는지

월운 앞 냇물에서 서로 만나 다시 가는
추동천* 안방천**
흑백 사진에 담아 둔 가슴 비석에 새긴 말들

문암리*** 바람에도 지울 수 없네

속금산 13
– 지새우는 밤

잊어서는 안 되는 것이
겨울밤 별들로 깨우는 날
노치미* 너머 같이 울어 주던
어둡고 어둔 날 슬픈 산노루 울음

어머니 아버지 가시고
호롱불도 없어
헛기침 소리에
어둠만 다시 짙어지는 오늘 같은 밤

옛 별들도
옛 산노루도
먹물 어둠에 앞이 안 보여
잠이 깨었다

* 마령면 신동리 옛 이름

속금산 14

– 환청

지천을 헤매는 바람도

숨 가삐 돌아가는 산모퉁이 다랑이 밭둑

오지 않은 봄보다 서둘러 나들이한 꽃 입술은

난리 통 피난 가지 못해 들킨 수다쟁이들 아우성이다.

손가락 사이로 빠져 구름 밀어내는

보이지 않는 당신 숨결

이 들판에 머무르는 일이

그리도 허락받기 힘든 일인가

가고 말면 남는 것은

다시 기다려야 하는 소리들이다.

속금산 15

– 향수鄕愁

마을 뒷산 비탈진
풀밭에 누워
미루나무가 받치고 있는
하늘 구름

언젠가
그런 노래 부르리라 했었지

이제는 진드기로 눕지 말라는
잡초 곁에서 바라보는
구름 흘러간 산정

어머니 아버지
그리고 할아버지

그곳은 여치 소리에

풀벌레 뛰는 곳

여전히 푸른 비탈산인가요

속금산 16
– 홀씨

모두가 홀씨였습니다.

한 톨씩 제각기 날아가 바람 멈추는 끝에 내려앉으면 그곳이 제 자리라 여겨야 했습니다.

피난 가는 일처럼 마땅한 장소 정해져 있는 게 아니라서 떠나면 어딘가 앉을 곳도 있을 거라는 종교를 산 시대는 모두가 봄철부터 먹지 못해 이른 봄날부터 황달 걸린 노란 민들레였습니다.

어딘가 뿌리내려 누구의 아내가 된 지 오래, 홀씨로 떠나는 누구의 어머니가 되고 아버지가 되었으련만, 봄 소풍날 하늘만 바라보던 소녀는 개울가에서 검정 고무신을 씻고만 있었습니다.

속금산은 높아서 언제나 그리움을 분향하는 제단
소식 몰라 야속한 건 구름인 것을

어딘가에 군락을 이루고 있을 애절했던 날의 홀씨 날아
간 곳

춘곤증 절기마다 아득해집니다.

속금산 17
– 흙내

사람은 누구나

흙에서 낸

먹을거리를 먹고 산다

꽃잎 하나 따

지그시 깨물면

입안 가득 고이는

향내의 유혹을 보면

산그늘에 숨어 피는 연분홍 참꽃도

명사 아닌 동사인

사랑의 그리움을 먹고 산다

흙으로 태어난 사람은

흙으로 돌아가서도

태어난 곳 흙내 나는 꽃으로

입술마다 물고 있어야 한다

2부
천지의 거리

속금산 18
– 겨울 산

백운골 내동산*에서
달려온 눈발은
하얀 갈기를 세운
백마가 되었다.

백마는
흰 눈썹 신선을 태우고
폐절 터 앞에 멈춰
옛 독경 소리 듣는가.

눈송이 속삭임에
쫑긋이 세운 두 귀
마이동풍은 이제
옛사람 말이라 한다.

* 백마가 마이산을 향해 달리는 형상이라는, 진안군 백운면에 있는 887m의 산

속금산 19
- 고향 집 가는 길

산과 들이 아름다운데
어찌 이름인들 다르랴

하늘이 쓰다듬고 있는 강정대^{江亭臺} 지나면
고향 동네 산모퉁이 보이는 월운^{月雲}마을
속금산 속 물 먹는 느티나무 정자에 계신 분들

친구 형이 형 친구
아버지 어머니도 서로 성님 아우
세교지간 징검다리 세월의 물을 건너서 왔네

섬진강 초입 구기소^{龜起沼} 감싸고 가는
수선루^{睡仙樓} 옛 시인들
이제는 신선이 되셨는가

흰 구름 춤사위 가무봉歌舞峰 산자락 아래

날마다 새롭게 덕을 쌓는

신덕리新德里 마을이 있네

이처럼 이름인들 그냥 지었으랴

지금도 그런 분들 살아 계시는 것을

속금산 20

- 기도

겨우내 언 손 빌던

역고드름 소원

여름 폭우 손길 빌어

폭포로 내려 주는 하늘 응답

내밀어 올린 손

맞잡고 있는

크고 부드러운 하늘 손

속금산 21
– 깊은 밤

산 높고 골 깊어
하늘이 좁은

밝은 달 산그늘 진
산골 작은 마을

달빛 놀란 산노루 울음
집마다 호롱불 깨우면

창문은 올빼미 눈으로
밤을 새운다

속금산 22

– 덕천리* 소묘

지평선 바라보며 꿈꾸던 꽃가루

선유경 찾던 회오리바람에 실려

구름 쉬는 마지막 산 밑 서당골에 뿌리를 내렸습니다

산수유 개나리 참꽃** 개꽃*** 싸리나무 벚꽃 이팝꽃

가을 단풍까지 발작하면 명주 열매 붉은 점으로 수놓는

난리 통에

깊은 산은 일 년 내내 분주하였습니다.

대낮 꽃나비 수작에 한눈팔다

조각달 서둘러 넘어가는 서산마루에 별들이 자리를 펴면

노루는 선잠을 깨고

가지 끝 둥지 숨어 밤 지새우던 올빼미

흐트러지는 달빛에 놀라

더 커진 눈으로 마을을 지키고 있었습니다

기다림이 다 가는 솔향기 산 넘는 봄날
마른 가지 푸른 순 꽃 대신 필 즈음

연초록 이파리 녹아 흐르던 계곡물
산천 의구依舊란 말도 함께 흘러
가슴속 푸른 심곡深谷에 다시 숨었습니다

* 전북 진안군 마령면 덕천리
** 진달래의 사투리
*** 철쭉의 사투리

속금산 23
– 냉천冷泉

어머니 계절은
여름은 시원하고
겨울은 따스한
풍혈냉천*이었다

속적삼 속에
겨울바람을 품어
시원한 바람이 되고

고드름 녹여 품은
겨울 햇살로 부는
산 너머 남풍이었다

* 진안군 성수면 좌포리 양화마을

속금산 24
– 늦가을 소묘

풀어지는 노을이

등 굽어진 사람의 그림자를

비탈진 산밭에 길게 뉘면

이른 굴뚝 연기는

저녁을 짓는 산마을을 가득 덮는다

하루의 지친 감사를

노을은 산 너머로 전하러 가고

집으로 돌아오는 고샅마다

밤안개가 포도鋪道를 깔아 주는 시간

아직은 저녁상 차리지 못한

이른 어스름 속으로

서둘러 미리 온 안식만 가득하여

온 마을이 배부르다

속금산 25
– 덕안초교

산이 높고 골짝이 깊은 것은
하늘에 손을 들고
가슴에 빗방울을 담아
하늘 소리를 듣고자 함이다

모으고 모은 빗방울이
내를 이루고 강을 만들어 마침내 바다로 가
흔들리는 파도로 자기를 말려
하늘에 바치는 구름이 되라는 마음

깊은 골짜기 덕안德安*에
물 좋은 논전답 팔아 배움터 저수지 세운 선인들
어린 자식이
넓은 세상 적시면서 강으로 흘러갈
하늘이 내린 빗방울인 걸

어찌 아셨을까

* 덕안초등학교: 마령면 신덕마을. 건립에 기여한 선친 송덕비가 마령면 생활박물관에 있음

속금산 26
– 동천洞天*

무슨 연유로 하늘에서 내려왔는지
하늘 높아 푸른 날 탐사 가는 길은
먼 세상 우주**에서 왔다는 꽃들은
빨강 노랑 하양 파랑색
각각 제 고향 명찰을 달고
줄 서고 있었다.

본향本鄕 냄새 건들바람에
다시 소천召天할 날
그 소식 아는 이 없냐고
누구에게나 자지러져 애태워 묻는
고향 잃은 천궁天宮 선녀들이었을까

속금산은 여린 손가락으로
하늘 문을 두드려 직접 알아보라고

그들을 안고 깨끼발로 올려 주다가
하늘에 닿아 있었다.

산골 끝자락마다 숨어 있는 마을
진안鎭安은 그리움에 가슴앓이하는 선녀들
무작정 하늘을 시 기다리고 있었다.

* 산천으로 둘러싸인 경치 좋은 곳
** 코스모스cosmos

속금산 27
− 두고 온 둥지

내 고향 502번지는
주민번호 이전부터
성지聖地로 미리 새긴
제 주소 번호였습니다

군번보다 치열하고
학번보다 반듯하게
산들이 일궈 낸 손바닥 마을

사슴 되기 전 짐승 산노루 울면
달도 가슴 저리어 느린 걸음 걸리는
속금산 끝자락

산봉우리 창끝으로 울타리를 쳐
하늘이 내려와 갇힌

이른 봄날 복숭아 꽃잎 날리던 마을

지금도 도화동에 계신 분들

고향 번지입니다

속금산 28

– 뒷동산

구름 놀다 간 긴 그림자 흔적

신덕리 뒷산 언덕 비탈진 풀밭

풀 뜯다 파리 쫓는 분주한 꼬리

침 길게 늘어뜨린 황소의 하품

안방 마을 한 번 힐끗 쳐다보며는

살짝 나와 미소 짓는 속금산 암수 봉우리

바람도 숨을 멈춘 오후 한나절

등 굽어 졸고 있는 외솔 한 그루

속금산 29
– 마령초교

속금산 자락 광대봉이

해 뜨자마자 바라보는

솔안[松內]마을 소나무 둥지에 자리 잡은

평사낙안형[平沙落雁形] 초등학교 터

가을이면 밤하늘

속금산 걸린 달도 휘영청

소풍길 떠나던 기러기 떼

이제는 어디쯤 가서 있을까

철새는 철 되면 다시 오건만

마령 뜰 휑하니 남겨 두고 소식 없는 사람아

학교 정문에서 기다리다 늙은

꽃피는 것도 잊고 있는 이팝나무를 알고 있는가

속금산 30
– 분주한 고독

산수유 마른 가지 제비가 깨운
봄비 가득한 계단 물논에
포리똥 알들을 토해 내는 개구리 소리
여름이 구경 차 서둘러 왔다

가죽나무에 숨겨 둔
늦은 더위 먹어 치우는 매미들 등살로
지친 수수 모가지 덮고 있는 푸른 천 가을은
까치발로 새털구름을 딛고 서 있다

울음도 들킬세라 숨을 죽이고
기러기가 끌고 가는
보름달 지면
서리도 내리기 전 찾아온 겨울

속금산 끝자락

숨은 마을엔

언제나

나 혼자였다

속금산 31
– 상장賞狀

가무봉歌舞峰 낮은 언덕

옛집 뒤창으로 보이던 중턱

속 곯아 텅 빈 늙은 밤나무

바나나 대신 으름

포도 대신 머루처럼

선대부터 산소를 지키던 토종이었다

성묘 때 주워 온 생밤을 깎아 주시며

서양사 세계사는 혹시 몰라도

단군에서 고종까지 조선사 동양사 통달하시고

아리아 대신 시조창 완창하셨던

상투에 탕건 할아버지는 토종이셨다

품행이 단정하다는 상장의 의례적인 글*을

손자가 공맹孔孟을 행한 줄로 알고

선향先鄕**부터 파派까지

세계보世系譜***를 말씀하시던 분

공부야 눈에 불을 켜면 가능하겠지

바른 품행으로 사는 일은

미적분보다 어려운 것을 어찌 아셨을까

품행이 공부보다 중요하다고

모른 척 품행상으로 불러 주셨다

* 상장의 내용: "이 사람은 학업 성적이 우수하고 품행이 단정하여 이 상을 수
여함"
** 본관本貫, 시조의 고향
*** 직계만을 기록한 족보

속금산 32
– 서당골 이야기

방죽으로 흐르는

가재 잡던 실개천

참꽃 산딸기 빼곡한 서당골*에

지리산 산줄기 넘어왔다는

손가락 없어 작대기 손으로 콩밭 일구어

떼잔디 흙벽돌 움막에서

얼굴 없이 살던 홀아비 문둥이

수수 모가지 하늘을 가리던

가을도 늦어 서리 내린 날 오후

장돌뱅이 날강도들

콩 자루 살림살이 몽땅 빼앗아 간 움막에

혹시라도 돌아오면 굶어 죽을까 봐

동네 사람들 감자 강냉이 가져다준 며칠 뒤

하얀 베 조각 흔들며 소리 지르는 짐승

마른장마 천둥소리로 하늘로 갔다 하네

* 마령면 신덕마을과 대동마을 사이 뒷산 골짜기

속금산 33
– 섣달 소묘

키 낮은 처마 끝 고드름에 매달려
호롱불 노란빛 가득한 방 안
잠 못 드는 얘기 엿듣는 별들

구름 사이 초승달도 역시 궁금해
푸른 마당 슬며시 내려와
숨죽여 다가가는 발자국 소리

돌담 구석에 숨어 들던
산노루 그림자 들켜서
하얀 밤을 흔들어 잡아 깨운다

속금산 34
– 싸리꽃* 1

조팝꽃 싸리꽃 구분 못 해도

하얗고 작은 꽃잎

싸리꽃 더미

하얗게

작게

그러나 꽃처럼 살기로 했네

높은 담 정원 대신

속 마당 훤히 보이는

초가집 낮은 울타리

양지 음지 바라지 않고

이런저런 사람들 구경하는 길섶

작은 냇가 둔덕에 살기로 했네

* 속금산 부근에서는 조팝나무를 싸리나무로 부름

속금산 35
– 싸리꽃 2

하얀 꽃
하얀 생각
살아서 부드러워
꺾인 후 강하게 된 몸

다소곳 꽃 얼굴 버리고
거친 뜰 쓸어 내는 억센 마당비에
하얗게 숨긴 마음

속금산 산자락
수선로 냇가 둔덕 사는 분들
하얀 말 쏟아 내는 싸리꽃이었네

속금산 36
– 앞 냇물

가래울* 골짝에서 손 흔들고

월운마을 냇가로 흐르던 추동천

신덕리 앞산 끼고 잠시 쉬던

큰 웅덩이 키를 넘기던 물길

이름만 섬진강 상류

원천源泉까지 함께 떠나

이제는 건천이 되었네

강아지만큼 내 키 작았었나

코앞이 뽕나무 숲 하늘까지 가린

산그늘 아래

밤에 별들이 내려와

숲까지 등목해 준 작은 소沼

마르고 야트막한 내 가슴 닮았네

* 마령면 덕천리 추동마을의 옛 이름

속금산 37

– 시초

섬진강 발원지를

마령 탑사 용궁이라

백운 팔공산 데미샘이라

누가 족보를 붙였는가

수선루, 광대봉이

북수골 안에 자리하듯

설혹 다른 발원지라 할지라도

결국 속금산 자락인 것을

진안 봉우리 어디 한 곳

속금산 정기 아닌 곳 없는데

하물며 섬진강 긴 삶을 살아가는 우리

고향이라는 발원지 떠난 강물

어디를 흘러가도 같은 물길

형제라

말해야지 않겠는가

속금산 38

– 여름 소묘

오수^{午睡}에 든 진초록 앞산
산비탈 여름 마을

산정에 걸린 구름은 풀어져
여우비 내리는 오후 한나절

바람은 둑에 갇혀
다랭이 밭을 식히고 있다

산모퉁이 돌아오다 멈춘
우체부 빨간 자전거도

산그늘에 기대어
잠깐 쉬는 중이다

속금산 39
– 유혹

탑 사이
속옷 먼지도 걸러 내는
그물로 된 문이 있다.

지닌 것 모두 내려야 들어가는
일주문一柱門
아무도 보지 못함은

벚꽃 굴 그늘 아래
참꽃에게 눈 흘기는
해찰 때문이다.

속금산 40

– 이산묘馹山廟

속금산은

산성

피난성이다

죽어서도 문무백관이 보위를 지키는 이산묘는

산 자를 위한 죽은 자들의 위패가

토용土俑이 되어 있다

영생을 사는 영웅들의 신전인 속금산은

영묘사 영광사의 신화를

두 손으로 받치고 있다

살 때 얻은 이름 석 자로

죽어서 들어가는 영원한 왕조 이산묘는

신하와 백성들이 쌓은 궁전이다

속금산 41
– 철새

자식들은
언젠가 떠나는
새인 것을

평사낙안平沙落雁 터*에 배움터 세우고
병아리 새끼들
산골 밤하늘 밝히는 기러기로 키워
하늘 소리 듣고 속금산 넘어 날아가
제자리 찾아 둥지 틀다
철 되면 다시 한 번 들르라는 마음

고요를 싣고 가는
한가위 밝은 달빛 소리에
창문 열고 기다리는
늙어 떠나지 못한 어미새 둥지

* 마령초등학교 터.

속금산 42
– 장마철

물통 없는 처마 끝

초가나 기와집

낙수에 갇혀

하늘 뜻

누워서 받는 날

느리게

빠르게

점점 **빠르게**

내리치는 빗방울 장단에 **빠져**

오지 못할 사람을 기다리다

오수午睡의 늪에서 벗어나면

솔 적*

애호박 적

푸른 고추 적

술빵에 닭칼국수

찐 감자에 열무김치

잠 훔치고 물러간 빗소리

앞산은 안개에 갇혀

오고 가는 이 없는 한적한 마을

절로 신선이 되는 장마철 오후

* 부추 부침개

속금산 43
– 추석 달

산등선 나무 끝을 뛰어넘어

달려와 안기네

산허리 산소 들러

부모님 모시고

타지에 사는 손자 얼굴

달려와 안기네

속금산 44
– 폐가

온실에서 키운 꽃
화장도 엇비슷 성형한 외모
말투도 냉정하여 남 같은 모습

옛집 뒤안
참나리 개나리 봉숭아
말없이 웃고 있던 민얼굴

앞마당 구석 곁
백일홍 채송화 나팔꽃
하루 종일 다정했던 소리

이제는 객지로 떠나
허물어진 흔적
집터만 있네

속금산 45

– 풍요로운 가난

월운에서 강정 마을 거쳐

소달구지 바퀴 깊이 파인

이름만 신작로

학교 가는 길

먼지 날리는 달구지 만나면

발 커져도 신는다고 언제나 헐렁한 고무신

벗어 들고 냉큼 타고 가던 날

아끼던 하얀색 고무신

발 커지기 전에 닳거나 찢어져

꿰매지도 못해 버리기 일쑤

입성도 키 자란다고 넉넉하여

한두 벌로 철을 넘긴 날부터

넉넉한 품 좋아진 속절없는 나이

고무신마저
포장된 신작로 따라가
남은 점방은 한두 집
방학 중 운동장처럼
텅 빈 오일장 터

3부
천지의 중심

속금산 46
– 누나

산과 들 구절초
저승 가며 하늘을 날던 날

외양간 낮은 지붕
저절로 자라난 덩굴

달빛으로 피어나
슬픈 이야기 들려주던 하얀 박꽃

부모 잃은 밤하늘
어둔 천장만 바라보던

우리 업어 키워 준
연순이 누나 얼굴

속금산 47

– 불효

정류장 없는 빗줄기
흙마당을 할퀴어 잡초만 고개를 드는
곰팡이 분주한 장마철 어느 날
천년만년 모셔야지 다짐하던 고향 집

예보된 호우주의보 빗줄기 뻔히 알면서도
두 손으로 막을 길 없듯
무덤도 빗줄기 피할 수 있으랴
후회로 젖는 여름

유골이 땅속에 들어가라는
수목장 빈 마음
빗물에 흘러가
물고기 밥이나 되었을까
그런 생각 못 한 것이 참 다행이다

토방 위 마루에서
마른 발가락 만지작거리던 한나절
낙수가 시끄러워
들판이 입 다물고 조용했던 천지

오늘도 빗소리 조용한 날이면
늦은 후회 가득 찬 청개구리 부산스런 울음에
듣는 사람만 목 막혀
헛기침 소리뿐이다

속금산 48
– 사부곡師父曲 4

산 돌아가는 길은
마른 먼지 황톳길

삼베옷 입으시고
뒤돌아보지 않으신 매정함

만장만 휘젓는 손짓에
구름이 그곳에 멈추어 섰네

가시는 하늘길도 마른 길인가
임도 그곳에 멈추어 계실까

속금산 49
– 산이 갇힌 곳

산수유 조는 한식 성묫길
걸음 멈추고 바라보는
산자락 끝 옛집 어디쯤인가

산그늘 참꽃 아직은 숨어 있어
사랑채 아궁이 청솔가지 타는 소리
겨울밤 눈발처럼 실려 가는 산길

속금산 끝 마을은
아버지 어머니 계시는
길 돌면 양지바른 비탈산인가

속금산 50
- 송덕비 1

바위의 권위는

그대로 있는 것이다

구름이나 빗줄기가 건들고 가도

마냥 침묵하는 속금산 줄기

진안고원 서평로길

마령면 평지리에

송덕비로 사는 돌이 있다

원래 산 깊어

냇물 징검다리 건너야 하는

덕천리 신덕촌에 있던 산돌

살아서 말 없던 돌이

죽어서 살아 있는 돌 된

일석一石*

속금산 51
– 송덕비 2

첫사랑이란 말은 헤어졌다는 이야기이고
애국이란 말은 타국에 있다는 말이고
건강이 제일이란 말은 병자가 되었다는 말

이제야 애절한 늦은 후회는
알고도 저지른
불효한 죄로 받는 채찍질이다

어찌 그뿐이랴
고향 집이라는 말을 사용하는 나이
어릴 적 근본을 잊고 살았다는 후회에
오랫동안 천하에 없는 인정머리 없다는 말이지

누가 알았으랴
고향 향해 사람 도리 못 한 걸 아시는 고향 분들이

손수 나서 반듯하게 세운 돌비가

채찍 거두신 부드러운 손길로

괜찮다 괜찮다 쓰다듬어 주시네

속금산 52
– 송덕비 3

부모님 계셨던
이제는 허물어진 옛집 생각
어제 일보다 옛일 또렷해지는 건
퇴행성 치매인가

부엌이란 말 대신
먼저 나오는 말은 정지
누룽지는 깐밥 물에 불리면 누룽밥
할아버지는 하나씨

이처럼
하늘에 계신 나의 아버지를
다른 말로 말하라 하면

'배움이 길이다'

'남 자식 잘 되어야 내 자식 잘 된다'

'사람보다 중요한 것은 없다'

'핵교*만이 희망이다'

교리 만드시고

송덕비**로 부활하신

마령교馬靈教 창시자

* 학교의 사투리
** 진안군 마령면에 주민들이 세워 준 아버지(고 일석 정진영)의 송덕비

속금산 53
– 송덕비 4

서울 국밥은
밥알이 다 들여다보이는 말쑥한 모습
마령 장터 국밥은
무수* 파 된장 고추장 국물로 투박한 몸매

장작불에 끓어 대던 무쇠 솥단지에서
김 서린 뚝배기에
가득 담아내던 인정도 넘쳐흘렀지

술 한 모금 안 하셨던 아버지
고깃국은 시장기 때우는 음식 아닌
안주상 술국이라고
돈 아끼는 마음 숨기시려
장터 노점 피하는 일을
양반 탓으로 돌렸다

남 자식 잘 되어야 내 자식도 잘 된다고
당신은 끼니 걸러 남 자식 월사금 전한
여전히 장터 곁 돌비**
양반 자세로 서 계신 아버지

<hr />

* 무의 사투리
** 송덕비를 말함

속금산 54
– 송덕비 5

인仁 · 의義 · 예禮 · 지智 맹자 가르침*

삼천지교한 이야기 이미 알고 있어도

맹모가 장仉 씨인 걸 이제야 알았네

선현들 가르침 잘 지키면

부모님 이름 버젓이 남기는 걸

아버지 비석** 나의 할머니 함자도

똑똑히 새겨져 말씀하시고 계시네

부모가 살아 계시지 못한 불효로

삼락三樂***은 처음부터 기본 없는데

가슴 친들 부모님 존함을

무슨 비석에 새길 수 있을까

* 4덕四德의 4단四端(네 가지 싹)
측은지심惻隱之心, 수오지심羞惡之心, 사양지심辭讓之心, 시비지심是非之心
** 마령면에 있는 송덕비
*** 《맹자孟子》〈진심盡心〉에 나오는 세 가지 즐거움
부모가 함께 살아 계시고 형제도 무사한 것
하늘이나 남에게 부끄러워할 꺼림칙한 일이 없는 것
천하 영재를 얻어 이들을 교육하는 것

속금산 55
– 아버지 면도

현관문 들어가면 먼저 눈 가는 곳
사진틀 속 아버지
생전 일에 바쁘셔서 덥수룩하셨는데
언제 면도하셨는지 깔끔한 모습

매일 수염을 깎는 나도 면도하는 시간은
거울 액자 사진틀에 갇힌다
늙어 갈수록 검버섯까지 닮아 가
아버지로 되는 내 얼굴

아버지는 가죽 혁대에 날 세워
면도를 하셨고
나는 자동면도기로 면도를 하지만
입술 내미는 모양은 같다

출근 인사에

잘 다녀오라 하시던 아버지

덜 깎인 수염 곁에서

그리움만 덩달아 자라고 있다

속금산 56
– 어머니

한 손으로 젖을 먹이고

한 손으로 안고

한 손으로 업고

한 손으로 눈물을 닦아 주고

한 손으로 머리를 쓰다듬고

어머니 손은 천 개다

천수千手를 가진

천 명의 천사다

속금산 57
– 참회 1

후회란

비겁한 여우의 짓이다

어머니께 못 해 드린 일

가슴 친 게 한두 번이 아니었어도

아버지 혼자 계실 때 마찬가지였던 걸

마저 가시고 나니

평생 계실 줄로만 알았던

미련한 불효란 말도 교활한 변명이다

이제 남은 일 하나 있는가

속금산이 구름에 갇힌 천단天壇 앞에서

두 손이 역고드름 되어

밤새워 용서 비는 일이다

속금산 58
– 원천源泉

한 방울의 물이 또 뭉치면
커다란 방울 하나가 된다

수맥의 눈물방울
서로 나눈 한동네 같이 마시던 샘은
물방울이 숨을 쉬면 피를 나누는 곳

마른 달은 밤새 눈물을 흘려
물을 가득 채운 동구 밖 샘에는
마을 누나들이 밤 이야기로 날을 새웠고

수숫대 푸른 가을 하늘을 찔러
피를 흐리게 한 하늘을 노을이라 하듯
피처럼 땀도 많이 흘렸지

판치 가는 고갯길에 숨어
핏빛 설움을 토하는 참꽃들도
어릴 적 마셨던 핏방울이었다

속금산 59
− 조카

고목 된 밤나무 숲 뒷산
얼굴 한 번 못 뵌 증조부 산소 혼자 돌보는
나이 차이 없는 큰집 조카님
말없이 웃는 모습 영락없는 진사 얼굴

청푸른 봄빛 꼬투리 땡땡이 남은
이른 봄 하우스 딸기
딸기는 예나 지금이나 마찬가지

서로 말없이 웃는 얼굴은
묵정밭 새로 간 밭고랑보다
더 깊이 갈아엎은 주름살이다

그렇지 그렇고말고
증조부 유전자는 마찬가지

조카님과 한마을 앞뒷집에서 자랐으니

주름살에 숨긴 마음 같은 거야 당연지사지

속금산 60
— 참회 2

속금산은 오늘도 그 자리에 있듯

부모님도 언제나 계실 줄 알고

마음에만 품었던 반포보은反哺報恩*

사실 제 효도하라는 말

마이동풍馬耳東風으로 듣고

가실 때까지 미루어 둔 미련

노래지희老萊之戲도**

유효 기간이 있는 것을

밤새우며 풍수지탄風樹之嘆하고 있어도***

갚을 길 없는

태산보다 더 큰 빚

세상에 이런 큰 죄인 어디에 또 있겠는가

* 부모님이 길러 준 은혜를 갚는 일
** 칠순에 어린애 옷을 입고 어린이 놀이를 하면서 늙으신 부모님을 즐겁게 해
드리는 일
*** 부모님 돌아가셔서 효도를 못 해 후회하는 슬픔

4부
천지의 원소

속금산 61
– 그리움

향수鄕愁만이 아니다.
떠나고 떠나보낸 모든 이별은
가장 무거운 죄인이 되는 일이다

성못길 돌아오는 길에 더 보고 싶은 어머니 아버지
잊고 살던 옛 친구 뜬금없는 안부 전화
속으로 담아 둔 옛사람 풍문으로 달려온 흔적

곁에서는 밝아서 안 보이던 찢김으로 생긴 틈
이제는 먼 곳에서 그림자 불빛으로 더 선명한 죄목은
사형보다 중형인 죽어서도 안 되는 무기수 형이다

속금산 62
― 눈꽃[雪花]

봄꽃 낙화로 핀
푸른 잎새

물 잘 든 단풍
꽃물로 져

추운 바람에 깬
마른 가지 순백의 꽃

속금산 사람들
하얀 속마음

속금산 63
– 무명無名

이름 모를 속금산 풀꽃을 보고도
어찌 장미가 가장 아름답다 하는가

두 봉우리 사이 무수한 별들을 보고 나서
누가 태양과 달이 가장 아름답다 하는가

산봉우리에 머물지 않는 바람이
늘 계곡을 지나는 이유를 이제야 아시는지

속금산 64

－두 귀

모음도 자음도

빛도 색도

아직 생기지 않았던

멀고 오래된 날

산과 들과

해와 달과

입과 귀도 없던

그때에

있으라

태초 첫마디 말

울린 고막은

누구 귀였을까

처음에도 있었고
지금도 울리는
귀 아닌
가슴으로 듣는 말
어머니 아버지 그리고 당신이라는
첫 음성의 여운

시간의 머리부터
가슴속 고막을 울리는
속금산 메아리 환청에
두 귀도 굳어 돌이 되었네

속금산 65
– 사시사철

속금산은 구름을 잡아 묶어
봄 오는 비탈산마다 그늘을 만들어
이른 나들이로 부끄러워하는 참꽃을
봄물 흐르는 계곡 산 그림자 속에 숨겨 주었다

속금산은 가난한 사람들이
하늘이 있다는 것을 알게 하도록
하늘 찢어지도록 달고 있는
여름밤 무거운 별들을
두 손으로 받치고 있었다

지나가는 바람이
속금산 산자락 마을에 옹기종기 달려 있는
땅에 닿은 밤나무 휘어진 가지
밤톨들을 털어

별 대신 쏟아지게 하였다

속금산은 산과 들일로
일 년 내내 허리 굽은 사람들
한 철 동안 편히 구들장에 누워 쉬라고
하늘을 털어 눈을 쌓아 산길을 막아 주었다

속금산 66

– 신전

바닷속이나 땅 위에서

억년을 견뎌 낸 돌산 속금산

냉온에 틀어지는 나무 대신

불속에서 변치 않는 돌을 다듬어

집 우宇

집 주宙

신들의 무너지지 않는 집을 세운다

우주의 천막 찢어진 하늘구멍 사이로

하늘이 별들을 시켜

빛을 비추어 구원을 베푸는 날

흘러간 구름의 흔적을 새겨

자기 이름 부르기 기다리는 망부석

암수 두 기둥으로

모든 사람이 돌아가야 할

하늘 집을 지어

영원한 안식의 고향

진안鎭安이라는

사원을 세운다

속금산 67
– 옛과 지금

고금당* 폐 절터

천년을 맴돌던 법고 소리

번대머리 달님

서녘 길 탁발승으로 알고

탑영제塔影堤**로 모셔 와

물속에 탑을 쌓는 중이다

* 금당사 옛터
** 마이산 부근의 저수지

속금산 68
– 용천龍泉

머리를 치솟아
하늘을 듣고 있는 두 귀

바람이 끌고 온 구름으로 닦아 내고
빗줄기 손길로 씻은 하늘 생각

윗물이 맑아 아랫물도 깨끗한
탑사 용천龍泉의 순결한 마음

어지러운 날일수록 청심淸心한 충청에
바른 물줄기 금강이 되고

미물 두꺼비*도 난리에는
의병이 된 섬진강을 살리고 있다

* 섬진강의 蟾자는 두꺼비를 뜻함

속금산 69
– 이름

산이 사람이다
이름에 아호도 있다

삼국 시대 서다산 고려는 용출산 조선조는 속금산 지금
은 마이산
봄에 돛대봉 여름은 용각봉 가을에 마이봉 겨울은 문필
봉
교가에 마이산 내 가슴엔 속금산

이름 다르다고 산까지 다를까

바닷속에 내려가
땅속 깊은 이야기 듣던 두 귀
이제는 하늘로 솟아
가신 곳 하늘 소리도

다 듣고 있는 것을

아버지 어머니
그리고 할머니 하나씨
대대로 그 흙으로 빚어
이어지는 자식들
이름 석 자로 빌었던
천년이 지나도 변하지 않는 소리

속금산 70

– 지남指南*

사람 얼굴
광대봉**

명산 중에 동천洞天인
속금산을

짐승 아호雅號
말귀[馬耳]라고
웃고 있다.

사람 덩치
짐승보다 작은 건
당연한 일이라고

감히 견주지 말라

눈웃음 짓고 있다.

생활의 바탕 속에
자연 친근 의식을 더한 미학

李姓敎(시인, 성신여자대학교 명예교수)

1. 시의 출발과 그 역사

한 시인의 생애에서 시집을 열 권 이상 내는 것은 특별한 사람이 아니면 안 된다. 여기에서 그의 시 업적을 더듬기 위해 출간된 시집을 굳이 열거하면 다음과 같다.

《흔적 지우기》《땅에 뜬 달》《옹이 속의 나무테》《濃霧》《유리 숲을 걷다》《꿈꾸는 물의 날》《어두운 밤에야 너의 소리를 듣는다》《벽과 꽃》《모퉁이 돌면》《짧은 영혼》《당신과 나 그리고 우리》《자유롭게 그러나 고독하게》《드론, 섬을 날다》《소리의 벽》, 그리고 이번에 상재하는 《마이산》 등 15권이다. 이처럼 많은 시집을 냈음은 그가 시에 몰두한 생활이 그만치 치열하고 풍

성했다는 것을 여실히 보여 준다.

저서로는 《현대시의 시법과 창작실제》《문학으로 보는 성경》《융합시학》이 있다. 시집과 평론집을 동시에 가지고 있음은 이론의 바탕 위에 작품을 창작하고 있음을 짐작게 해 준다.

그가 이처럼 문학적 자리매김과 사회적 위치를 단단히 이루기까지 어떠한 경로를 밟아 왔나를 잠시 더듬을 필요가 있다.

정재영 시인의 고향은 전북 진안군 마령면, 마이산의 주소가 있는 지역으로 산수 좋고 인정이 풍부한 곳이다. 이곳의 여유로운 집안에서 태어나고 자란 그는 소년 시절부터 유난히 총명하여 주변 사람들의 이목을 많이 끌었다. 그는 향리에서 초등학교 5학년을 마치고 전주중앙초등학교로 전학한 후 객지에서 수학했다. 특별히 중학교 과정은 호남 명문이었던 전주북중학교에서 이루어졌는데, 이때도 국어 교사로부터 글재주를 인정받아 그의 글이 교지 등 여러 곳을 통해 발표되었다고 한다.

그가 나중 그의 문학을 회고한 글에서도 밝힌 바와 같이 어릴 때부터 조부님과 부모님의 유학자 가풍에서 자라 자연스럽게 문장가가 되려는 꿈을 가슴속에 무지개처럼 꽃피우고 산 것이 마침내 시인이 되는 계기가 되었다 했다.

부모님의 적극적인 향학에 대한 후원으로 가슴속에 큰 이상을 품고 서울에 올라온 그는 경복고등학교를 거쳐 서울대학교에 진학하여 치의학의 학문을 닦았으며 해외 학문의 수업을 위해 일본에서 수학하여 박사 학위를 받았다. 또 신앙의 학문적 추구를 위해 칼빈대학교와 총신대학교 신학대학원을, 문학의 체계적 발전을 위해 중앙대학교 예술대학원(문학예술학과. 시 전공)에서 깊은 학문의 세계를 닦았다.

이러한 의학이라는 자연과학을 전공하면서 신학이라는 우주의 근본 진리에 대한 학문적 추구와 문학이라는 언어 예술을 통한 미학의 추구는 정 시인이 융합적 인생을 걷고자 했음을 알게 해 준다. 과학, 신학, 문학은 그의 인생의 진선미의 가치를 위한 토대로 작용하였다. 더 말할 필요 없이 처음부터 이상理想했던 문학의 세계를 확장하여 지금처럼 더 크게 꽃피우게 되었던 것이다.

그는 오랫동안 쌓아 온 문학의 꿈을 여러 사람에게 공개하기 위하여 1998년 국내 유수한 문예지《조선문학》에서 등단을 했고, 시 전문지《현대시》에서 다시 찾은 시인으로 추대되었다. 그 전문지에서 제1회 현대시회 시인상을 수상함으로써 그 실력을 유감없이 보여 주기도 했다.

그가 고향을 떠나 객지에 와서 학창 생활을 극복하고 목표를 달성할 수 있었던 것은 타고난 능력도 있었거니와, 그것을 뒷받침한 큰 힘은 신앙이었다. 집안 대대로 유학의 사상적 영향을 받고 자랐지만 부모님과 떨어져 사는 타지에서 기독교 신앙을 품고 정신적 안정을 갖게 되었다 한다. 이 신앙은 남들처럼 수동적인 것이거나 가계의 영향으로 이어진 것이 아니었다. 그는 집안에서 하나님을 처음으로 영접한 특별한 사람이었다. 그가 섬기던 교회에서 젊은 나이에 장로가 되었던 것을 보면 무슨 일에나 적극적이며 최선을 다하는 면이 있음을 알게 해 준다.

소명 의식으로 주어진 직업의 분야에서 남달리 성공하기도 했다. 대한치과이식임플란트학회 회장 등 최신 학문의 발전을 위해 적극적으로 활동했으며, 국제치의학회 한국 회장 등 국제적인 학문 교류에도 선두에서 봉사한 다양한 경력을 갖고 있다.

의료계와 기독교단과 문학 단체에서 앞장서 활동하는 면에서 보면 그의 균형과 조화로운 삶의 모습은 주위의 선망의 대상인데도 정 시인은 좋은 일은 모두 자신의 능력이 아닌 하나님의 축복으로 겸손하게 받아들이고 있다. 특히 부모님의 헌신적인 은혜와 고향 분들의 격려 덕분이라고 여기고 있음이 이 시집을 상재하는 동기가 되었을 것이다. 모든 면에서 최선과 성실함을 보여 준다는, 주위로부터 받고 있는 평이 작품 안에도 자연스럽게 녹아 있음을 알게 해 준다.

우선 기존에 발표한 작품 한 편을 살펴본다.

앙상한 가지 끝
까치밥 하나

파란 하늘 향해

손 내밀고 있더니

하늘 높아
품은 마음 덩달아 높다

까치 대신 어둠의 까마귀 무리들
저녁 기운 찬바람으로 몰려들어도

하늘을 향해 미동도 하지 않는
붉은 마음은 낙관으로 찍혀

지나는 소스라한 바람 소리에
고요는 더 적막하다

저리도 간절했던가
말라 가는 가지 끝 하늘을 향한 사랑

하늘이 손 내밀어
꼭 붙잡아 주고 있다

— 〈감 하나, 하늘이 붙잡고 있다〉 전문

제목 자체, 〈감 하나, 하늘이 붙잡고 있다〉가 특이하다. 앙상한 가지 끝에 매달린 감, "파란 하늘 향해/손 내밀고 있더니//하늘 높아/품은 마음 덩달아 높다"로 표현한 것이 '감'의 마음 신앙이다. 이것은 7연에서 볼 수 있듯이 "저리도 간절했던가/말라 가는 가지 끝 하늘을 향한 사랑"으로 큰 은총을 입고 있다. 무엇보다 표현 형식에서, 하늘을 향해 매달린 '감'에 비유하여 '신앙'을 정의한 것도 특이하다.

정재영 시인은 모든 것을 하나님께 맡기고 그 영광을 위해 최선을 다하고 있다. 그는 신앙을 무기로 하여 열심히 인생을 살았다. 그것의 큰 결과로 문단 활동 20여 년에 많은 시집을 내었고 또한 문학이론서도 몇 권 내었다.

이러한 활동을 통해 많은 문학상도 수상했다. 〈조선시문학상〉 〈기독시문학상〉 〈장로문학상〉 〈총신문학상〉 〈중앙대문학상〉 〈현대시회 시인상〉 〈미당시맥상〉 등이다.

2. 회고의 미학과 향수

누구든지 고향을 떠나온 사람은 어릴 때 보금자리 고향을 못 잊는다. 세상을 보는 눈과 의식이 거기에서 출발했기 때문이다.

내 고향 502번지는

주민번호 이전부터
성지聖地로 미리 새긴
제 주소 번호였습니다

군번보다 치열하고
학번보다 반듯하게
산들이 일궈 낸 손바닥 마을

사슴 되기 전 짐승 산노루 울면
달도 가슴 저리어 느린 걸음 걸리는
속금산 끝자락

산봉우리 창끝으로 울타리를 쳐
하늘이 내려와 갇힌
이른 봄날 복숭아 꽃잎 날리던 마을
지금도 도화동에 계신 분들
고향 번지입니다
— 〈속금산 27−두고 온 둥지〉 전문

그는 두고 온 고향(전북 진안군 마령면 덕천리 502번지 신덕부
락)을 정확히 밝혀 늘 머릿속에 넣어 두고 위로 삼아 살았다. 특
별히 신덕마을의 천연적인 자연환경을 밝혀 "사슴 되기 전 짐

승 산노루 울면/달도 가슴 저리어 느린 걸음 걸리는/속금산 끝 자락//산봉우리 창끝으로 울타리를 쳐/하늘이 내려와 갇힌/이른 봄날 복숭아 꽃잎 날리던 마을"이라고 아름답게 그렸다.

정재영 시인의 경우는 고향을 떠난 지 오래고 또 인생의 한 단계인 고희古稀를 맞아 〈귀거래사歸去來辭〉를 읊을 만하다. 그래서 고향을 노래한 시집 《마이산》에서 그동안 마음 깊이 어렸던 속내를 잘 털어놓았다. 그렇게 보면 이 시집은 단순한 서경으로서의 시가 아니라 '마이산'이라는 큰 지명을 배경으로 한 고향의 노래인 것이다.

그가 특별히 시집 이름을 다른 것으로 하지 않고 고향의 산 '마이산'으로 한 데는 더 큰 뜻이 있다. 그것은 명산 '마이산'과 더불어 고향의 깊이를 더 크게 보여 주고자 함이었다.

오늘의 '마이산'보다 그 옛날(조선조) 불렸던 '속금산束金山'이라는 이름을 의도적으로 찾아 노래한 것은 그만치 정을 크게 두고 노래하자는 의도도 있었다. 이 산 이름을 보면 그 시대마다 달리 불리었다는 것도 재미있는 일이다.

즉, '마이산'의 유래를 보면 신라 시대에는 '서다산西多山', 고려 시대에는 '용출산聳出山', 조선 시대에는 '속금산束金山', 현재는 말의 귀를 닮았다고 하여 '마이산馬耳山'으로 불리고 있다.

군이 옛 이름인 '속금산'으로 정한 것은 또한 어머니의 마음과도 연계가 되어 있다. 그것은 이번 시집을 상재하면서 쓴 〈머리말〉에서 잘 볼 수 있다.

작품에서 마이산을 굳이 속금산束金山이라고 하는 까닭은 어머니께서 그리 말씀하셨기 때문이다. 조선조 태조가 속금산으로 불렀으니, 임금님 말씀을 지키는 것이 도리라고 생각하셨을 것이다. 마이산이라는 이름은 초등학교 모교 교가에 나오는 "마이산 정기 받아"라는 구절을 통해 처음 알게 되었다. 그래도 속금산이 더 살갑게 다가온다.

라고 실토했다.

여기에서 보더라도 어머니가 일컫는 정신의 산 속금산은 여기에서 성장한 시인에게는 그가 일컬었던 대로 정신의 고향이기도 했다.

　　㉠ 한 손으로 젖을 먹이고
　　한 손으로 안고
　　한 손으로 업고
　　한 손으로 눈물을 닦아 주고
　　한 손으로 머리를 쓰다듬고

　　어머니 손은 천 개다

　　찬수千手를 가진

천 명의 천사다

— 〈속금산 56−어머니〉 전문

ⓒ 정화수에 내려온 하늘은
언제나 침묵하였다.

이곳에 산다는 건
땅을 등져야 하는 일
꽃들도 산그늘에 숨어 피었다.

사람은
육탈肉脫하지 못해
마음이 팔려
서로 종從이 된 지 오래

하늘은
산 사이
샘과 꽃의 소원을 듣고
하늘길을 받친 탑 사이로
누구나 숨도록 해 주었다.

— 〈속금산 7−산속 이야기〉 전문

ⓒ 속금산 자락 광대봉이
해 뜨자마자 바라보는
솔안[松內]마을 소나무 둥지에 자리 잡은
평사낙안형平沙落雁形 초등학교 터

가을이면 밤하늘
속금산 걸린 달도 휘영청
소풍길 떠나던 기러기 떼
이제는 어디쯤 가서 있을까

철새는 철 되면 다시 오건만
마령 뜰 휑하니 남겨 두고 소식 없는 사람아
학교 정문에서 기다리다 늙은
꽃피는 것도 잊고 있는 이팝나무를 알고 있는가

― 〈속금산 29-마령초교〉 전문

이 세 시詩를 통해서 볼 때 정재영 시인의 고향의 원 모습이
환히 떠오른다. 그야말로 다른 지역과 구분되는 랜드마크가 되
기도 한다.

제일 처음 〈속금산 56-어머니〉는 그 부제대로 어머니의 마
음을 그린 것이다. 어머니가 일컫던 '속금산'은 곧 어머니의 생
활과 정신을 진솔하게 표현하고 있다. 제1연에서 어머니의 생

활을 그렸는데 참으로 사랑이 많으신 그 모습이 눈에 환하다. "한 손으로 젖을 먹이고/한 손으로 안고/한 손으로 업고/한 손으로 눈물을 닦아 주고/한 손으로 머리를 쓰다듬고"에 이어 시인은 "어머니의 손은 천 개다"라고 감동 어린 표현을 했다.

그다음 속금산 산속 이야기를 그린 〈속금산 7–산속 이야기〉에서는 외형적으로 바라본 산형뿐만 아니라 그 산이 지니고 있는 신비한 모습, 산정기 전체를 노래하고 있다. 첫 연에서 "정화수에 내려온 하늘은/언제나 침묵하였다."라고 큰 배경을 먼저 그리고, 그다음 둘째 연에서 그 신비함을 노래하여 "이곳에 산다는 건/땅을 등져야 하는 일/꽃들도 산그늘에 숨어 피었다."며 그 혜택을 그렸다. 특별히 그 혜택을 받는 사람을 꽃에 비유하여 "산그늘에 숨어 피었다"고 표현한 것이 압권이다.

세 번째 시 〈속금산 29–마령초교〉는 아득한 옛날 초등학교 다니던 시절을 그렸는데 큰 감동을 준다. 첫 연에서는 그 초등학교가 자리 잡은 배경을 잘 그렸다. "속금산 자락 광대봉이/해 뜨자마자 바라보는/솔안마을", 둘째 연에서는 그곳의 추억을 그렸는데 "가을이면 밤하늘/속금산 걸린 달도 휘영청/소풍길 떠나던 기러기 떼/이제는 어디쯤 가서 있을까"는 눈물겹기만 하다.

이 시 제일 끝에 "철새는 철 되면 다시 오건만/마령 뜰 휑하니 남겨 두고 소식 없는 사람아"라며 자신의 슬픈 모습을 그렸고, 끝에 가서는 가 버린 세월 앞에 "학교 정문에서 기다리다

늙은/꽃피는 것도 잊고 있는 이팝나무"를 통해 세월의 아쉬움
을 노래했다.

3. 마음속 깊이 새긴 영상들

자연을 바라봄엔 두 가지 관점이 있다. 생활에서 직접 바라보
는 자연과 멀리서 바라보는 자연이 그것이다.

앞에서 잠시 언급한 그대로 정재영 시인은 속금산 속 농촌 마
을에서 태어나고 거기에서 어릴 때 꿈을 키웠다. 그가 막상 생
활의 방편상 도시에서 살았다 하더라도 그의 머릿속에는 항상
자연의 숨결이 생활을 아름답게 했던 것이다.

이 자연 친근 의식이 그의 정신 속에 깃들인 원형이었다. 이
자연 친근 의식은 그가 도시 속에 살면서도 생활을 노래한 시에
는 꼭 작은 부분으로 끼어들었던 것이다.

꽃잎 진 후
푸른 잎 내어
파아란 하늘을 받치고 있는
나뭇가지 끝 손길

하늘은

귀한 것을 버린

빈손을 잡는다

— 〈꽃이 지다〉 전문

이 시는 인생의 마지막을 꽃 떨어짐에 비유하여 지극히 자연
스럽게 노래했다. 그 제목에서 "꽃이 지다"라고 표현한 것 그
자체가 그렇다. 그래서 첫 연에서는 꽃잎이 떨어진 후 푸른 잎
을 내어 하늘을 받치고 있는 나뭇가지를 그대로 앙상한 채 그렸
다. 이러한 자연의 빛은 생활 속에 끼어든 것으로써 지극히 관
념적인 면을 띠고 있다.

이러한 자연 친근 의식은 옛 고향을 돌아본 회고 의식의 색도
를 훨씬 짙게 했다. 이것을 몇 가지로 나누어 살필 수 있다.

㉠ 조팝꽃 싸리꽃 구분 못 해도

하얗고 작은 꽃잎

싸리꽃 더미

하얗게

작게

그러나 꽃처럼 살기로 했네

높은 담 정원 대신

속 마당 훤히 보이는
초가집 낮은 울타리

양지 음지 바라지 않고
이런저런 사람들 구경하는 길섶
작은 냇가 둔덕에 살기로 했네
　　　　　　　― 〈속금산 34-싸리꽃 1〉 전문

ⓛ 하얀 꽃
하얀 생각
살아서 부드러워
꺾인 후 강하게 된 몸

다소곳 꽃 얼굴 버리고
거친 뜰 쓸어 내는 억센 마당비에
하얗게 숨긴 마음

속금산 산자락
수선로 냇가 둔덕 사는 분들
하얀 말 쏟아 내는 싸리꽃이었네
　　　　　　　― 〈속금산 35-싸리꽃 2〉 전문

두 시 모두 싸리꽃을 노래한 작품인데 고향 마을의 소박한 정경이 잘 그려져 있다.

첫 번째 시의 둘째 연 "하얗게/작게/그러나 꽃처럼 살기로 했네"는 이 마을 사람들의 마음을 소박하게 잘 나타내었고, 셋째 연 역시 "높은 담 정원 대신/속 마당 훤히 보이는/초가집 낮은 울타리"도 아주 단순하게 그렸다.

두 번째 시도 같은 맥락에서 볼 수 있다. 마지막 연 "속금산 산자락/수선로 냇가 둔덕 사는 분들/하얀 말 쏟아 내는 싸리꽃이었네"도 고향 마을의 모습을 있는 그대로 그렸다. 이 마을 사람들이 소박한 자연 속에 사는 모습이 역력히 그려졌다.

이외에도

산 높고 골 깊어/하늘이 좁은//밝은 달 산그늘 진/산골 작은 마을//달빛 놀란 산노루 울음/집마다 호롱불 깨우면//창문은 올빼미 눈으로/밤을 새운다(〈속금산 21-깊은 밤〉 전문)

산수유 마른 가지 제비가 깨운/봄비 가득한 계단 물논에/포리똥 알들을 토해 내는 개구리 소리/여름이 구경 차 서둘러 왔다//가죽나무에 숨겨 둔/늙은 더위 먹어 치우는 매미들 등살로/지친 수수 모가지 덮고 있는 푸른 천 가을은/까치발로 새털구름을 딛고 서 있다//울음도 들킬세라 숨을 죽이고/기러기가 끌고 가는/보름달 지면/서리도 내리기 전 찾아온 겨울(〈속금산 30-분주한

고독〉 부분)

방죽으로 흐르는/가재 잡던 실개천/참꽃 산딸기 빼곡한 서당골
에/지리산 산줄기 넘어왔다는/손가락 없어 작대기 손으로 콩밭
일구어/떼잔디 흙벽돌 움막에서/얼굴 없이 살던 홀아비 문둥이
(〈속금산 32-서당골 이야기〉 부분)

키 낮은 처마 끝 고드름에 매달려/호롱불 노란빛 가득한 방 안/
잠 못 드는 얘기 엿듣는 별들//구름 사이 초승달도 역시 궁금
해/푸른 마당 슬며시 내려와/숨죽여 다가가는 발자국 소리//돌
담 구석에 숨어 들던/산노루 그림자 들켜서/하얀 밤을 흔들어
잡아 깨운다(〈속금산 33-섣달 소묘〉 전문)

오수午睡에 든 진초록 앞산/산비탈 여름 마을//산정에 걸린 구름
은 풀어져/여우비 내리는 오후 한나절//바람은 둑에 갇혀/다랭
이 밭을 식히고 있다(〈속금산 38-여름 소묘〉 부분)

월운에서 강정 마을 거쳐/소달구지 바퀴 깊이 파인/이름만 신작
로/학교 가는 길//먼지 날리는 달구지 만나면/발 커져도 신는다
고 언제나 헐렁한 고무신/벗어 들고 냉큼 타고 가던 날(〈속금산
45-풍요로운 가난〉 부분)

산과 들 구절초/저승 가며 하늘을 날던 날//외양간 낮은 지붕/저절로 자라난 덩굴//달빛으로 피어나/슬픈 이야기 들려주던 하얀 박꽃//부모 잃은 밤하늘/어둔 천장만 바라보던//우리 업어 키워 준/연순이 누나 얼굴(〈속금산 46-누나〉 전문)

산수유 조는 한식 성못길/걸음 멈추고 바라보는/산자락 끝 옛 집 어디쯤인가//산그늘 참꽃 아직은 숨어 있어/사랑채 아궁이 청솔가지 타는 소리/겨울밤 눈발처럼 실려 가는 산길(〈속금산 49-산이 갇힌 곳〉 부분)

등에서 못 잊을 추억들이 주렁주렁 열려 있음을 볼 수 있다.

4. 속금산 정기와 선조들의 얼

내려오는 말에 의하면 명산 아래에는 특별한 정기가 어려 있어 그 산을 중심으로 큰 인물이 많이 난다고 한다. 그래서 모두 그 산에 들기를 원한다.

산이 사람이다
이름에 아호도 있다

삼국 시대 서다산 고려는 용출산 조선조는 속금산 지금은 마
이산
봄에는 돗대봉 여름은 용각봉 가을에 마이봉 겨울은 문필봉
교가에 마이산 내 가슴엔 속금산

이름 다르다고 산까지 다를까

바닷속에 내려가
땅속 깊은 이야기 듣던 두 귀
이제는 하늘로 솟아
가신 곳 하늘 소리도
다 듣고 있는 것을

아버지 어머니
그리고 할머니 하나씨
대대로 그 흙으로 빚어
이어지는 자식들
이름 석 자로 빌었던
천년이 지나도 변하지 않는 소리

— 〈속금산 69-이름〉 전문

옛날엔 '속금산', 지금은 '마이산', 계절에 따른 산의 모습을 잘

그렸다. "이름 다르다고 산까지 다를까//바닷속에 내려가/땅속 깊은 이야기 듣던 두 귀/이제는 하늘로 솟아/가신 곳 하늘 소리도/다 듣고 있는 것을"에서 마이산의 큰 모습을 볼 수 있다.

또 이러한 산의 정기는 〈속금산 20-기도〉 〈속금산 40-이산묘〉에서도 잘 나타나고 있다. 〈속금산 20-기도〉에서 "겨우내 언 손 빌던/역고드름 소원//여름 폭우 손길 빌어/폭포로 내려 주는 하늘 응답//내밀어 올린 손/맞잡고 있는/크고 부드러운 하늘 손"의 하늘 향해 기도하는 모습, 또 〈속금산 40-이산묘〉에서 3연 "영생을 사는 영웅들의 신전인 속금산은/영묘사 영광사의 신화를/두 손으로 받치고 있다"도 그 신묘한 모습을 그리고 있다. 이러한 산정기에서 이곳 산속 사람들의 살림살이가 더 풍성해졌음을 알 수 있다.

먼저 이 산골에서 대대로 살던 조부의 모습을 다음 시에서 잘 볼 수 있다.

> 가무봉歌舞峰 낮은 언덕
> 옛집 뒤창으로 보이던 중턱
> 속 곯아 텅 빈 늙은 밤나무
> 바나나 대신 으름
> 포도 대신 머루처럼
> 선대부터 산소를 지키던 토종이었다

성묘 때 주워 온 생밤을 깎아 주시며
서양사 세계사는 혹시 몰라도
단군에서 고종까지 조선사 동양사 통달하시고
아리아 대신 시조창 완창하셨던
상투에 탕건 할아버지는 토종이셨다

품행이 단정하다는 상장의 의례적인 글을
손자가 공맹^{孔孟}을 행한 줄로 알고
선향^{先鄕}부터 파^派까지
세계보^{世界譜}를 말씀하시던 분

— 〈속금산 31-상장〉 부분

　이곳 토박이 조부의 모습을 잘 그렸다. 유학의 엄격성과 선비의 고결한 품성으로 세상일에 지혜가 높으셨던 조부께서는 조선사, 동양사에 밝고 시조창까지 잘 부르셨던 분이었다.
　그다음 조부의 뒤를 이어 큰 고을 마령^{馬靈}에서 남에게 큰 덕을 끼치며 큰 인격자로 사셨던 부친(고 일석 정진영 선생)의 높은 모습도 그렸다.

　산 돌아가는 길은
　마른 먼지 황톳길

삼베옷 입으시고
뒤돌아보지 않으신 매정함

만장만 휘젓는 손짓에
구름이 그곳에 멈추어 섰네

가시는 하늘길도 마른 길인가
임도 그곳에 멈추어 계실까
　　　　　　　　— 〈속금산 48-사부곡 4〉 전문

　이 시는 '사부곡師父曲'이란 부제가 붙어 있는 시로 평소 근엄하
게 사신 모습을 마지막 가는 길에서 "가시는 하늘길도 마른 길
인가/임도 그곳에 멈추어 계실까"라고 애통하게 노래했다.
　그다음 부친이 작고하시고 난 다음 주민들이 그 높은 덕을 기
려 세운 송덕비를 받고 감격하여 몇 편의 시를 썼다.

바위의 권위는
그대로 있는 것이다

구름이나 빗줄기가 건들고 가도
마냥 침묵하는 속금산 줄기

진안고원 서평로길

마령면 평지리에

송덕비로 사는 돌이 있다

원래 산 깊어

냇물 징검다리 건너야 하는

덕천리 신덕촌에 있던 산돌

살아서 말 없던 돌이

죽어서 살아 있는 돌 된

일석一石

— 〈속금산 50-송덕비 1〉 전문

시의 첫 연에서 "바위의 권위는/그대로 있는 것이다"라고 전
제하고 그 영원함이 "구름이나 빗줄기가 건들고 가도/마냥 침
묵하"고 있다고 노래했다. 또한 정기 어린 속금산처럼 서 있다
고 덧붙였다. 5연에서 그 영원한 돌에 대하여 "살아서 말 없던
돌이/죽어서 살아 있는 돌 된/일석一石"이라고 한 것은 아주 운
치 있는 표현이다.

돌에 새겨져 있는 선친의 영원한 발자취인 송덕비를 보면서
그 어른이 남긴 말도 빛 되어 떠오른다. 〈속금산 52-송덕비 3〉
의 4연에서 "배움이 길이다'/'남 자식 잘 되어야 내 자식 잘 된

다'/'사람보다 중요한 것은 없다'/'핵교만이 희망이다'"라고 한 것이 바로 선친의 큰 사랑이다.

그래서 시인은 시의 끝에 가서 선친의 큰 모습을, 큰 사상을 찬양하여 마령교馬靈敎의 창시자라고 더 높인다. 고향 마령면 소재지인 주민센터 앞에 세워져 있는 송덕비를 보고 선친을 우러르는 시도 더 썼다.

이외에 〈속금산 53-송덕비 4〉에서도 덕망 높은 모습을 잘 볼 수 있다. "술 한 모금 안 하셨던 아버지/고깃국은 시장기 때우는 음식 아닌/안주상 술국이라고/돈 아끼는 마음 숨기시려/장터 노점 피하는 일을/양반 탓으로 돌렸다//남 자식 잘 되어야 내 자식도 잘 된다고/당신은 끼니 걸러 남 자식 월사금 전한/여전히 장터 곁 돌비/양반 자세로 서 계신 아버지".

여기에서 볼 수 있듯이 선친은 항상 양반 자세를 잃지 않았으며 남에게 베풀기를 좋아하셨다. 위에서 본 그대로 "당신은 끼니 걸러 남 자식 월사금 전한" 그 모습이 눈에 선연하다.

이런 선친에 대해서 늘 죄책감도 느꼈다. 그것은 부모 생존 시 효도를 다하지 못한 아쉬움 때문이다. 정재영 시인은 그 불효를 깊이 느껴 회개의 시를 썼다.

〈속금산 57-참회 1〉에서 "후회란/비겁한 여우의 짓이다"라고 전제해 놓고 끝에 가서 "이제 남은 일 하나 있는가/속금산이 구름에 갇힌 천단天壇 앞에서/두 손이 역고드름 되어/밤새워 용서 비는 일이다"라고 아픈 마음을 토로했다.

5. 시집에 나타난 수사학적 특징

정재영 시인은 오랫동안 시를 쓰면서 남과 다른 개성이 잘 드러나는 작품을 만들어 왔다. 역시 이번 시집도 그동안의 시집과 달리 새로운 시 세계가 있음을 보여 준다. 시의 주제에 따라 시적 방법론을 변화시켜 보려 하는 것이다. 물론 이것은 말할 것 없이 그 시인만이 지닐 수 있는 특권으로, 예술의 새로운 모습을 보여 주려는 창조적 태도다. 기본적으로 이런 언어 변화가 시의 창조적인 면에서 생명인 것은 당연하다.

이번 시집은 시인의 정서적 랜드마크인 고향이라는 단일 주제를 어떻게 하면 미학적 담론으로 표현하여 언어 예술로 승화시키느냐 하는 시적 수사법을 그동안의 방법론과 다른 모습으로 시도한 면이 강하다.

우선 이번 시집 속 작품의 형식적 특색은 단형시가 주를 이룬다는 것이다. 소통을 위해 언어 사용에서도 고향의 언어를 동원하고 있다. 잊을 수 없는 고향의 이야기가 내용의 대부분인데, 이 시집의 표현에서 짧은 시어의 사용은 그의 독특한 과거와 현재 그리고 미래를 아우르는 융합시학에 의한 것이다. 이는 이미지의 이질적인 양극화를 통한 새로운 이미지의 창출이다. 설명이 아니고 융합하여 견고하고 분명한 이미지의 생성을 시도하기 위한 것이다. 이것은 보편적 고향 정서와 개인적 상황의 특수성을 하나의 용광로 안에 녹여 통합성을 강조한 엘리엇의 견

해와 같다.

그는 표현을 하는 데에서 대상의 상황을 길게 늘어놓지 않고 그 내용을 머릿속에서 짧게 몇 번이고 익혀서 비로소 밖으로 나타낸다. 숙고를 통한 간결미를 이루려 한다. 그래서 그 구조로 볼 때 짧게는 3, 4연, 길게는 7, 8연인 시가 대부분이다.

그가 시도한 '형이상시법'의 발전적 현대 시법인 '융합시학'에서 내세운 이론도 그 밑받침이 되어 있음을 볼 수 있다. 그래서 전반기 시집에서 볼 수 있는 대로 시의 질이 은연중 지적인 것으로 갔던 것이다. 특히 그 표현에서 비유 내지 상징을 내세운 이미지 수법은 독특한 기법이었다.

이번 시집은 언어가 갖는 의미를 탄탄하게 하기 위해 단순함의 미학을 추구하고 있다. 이것은 현대 예술에서 추구하는 방법이기도 하다. 물론 정 시인이 한국어의 전통적 운율을 신뢰하고 있음도 확인할 수 있다.

시 형식에서 볼 수 있는 시어는 지극히 절제된 것으로서 간결한 문체를 이룬다. 특히 고향을 주제로 한 작품에서 언어의 긴축미를 살려 시적 주제의 정서를 전하고 싶은 탓이다. 문학적 미학을 가진 언어로써 응축의 언어를 사용할 필요가 있음을 작품으로 실천하고 있음이다.

이런 의도는 동일한 정서를 동일 감각으로 누구와도 소통하고자 하는 노력임에 틀림없다. 누구나 가지고 있는 고향이라는 보편적 감성에 마이산이 갖는 향토적 특수성을 보여 주고자 다

양한 이미지의 형상화 작업이 시집 전편에 담겨 있음을 쉽게 감
지할 수 있다.

　이상으로 그의 시집 《마이산》에 나타난 시 세계를 훑어보았
다. 한마디로 시집 《마이산》에서는 종전의 시 세계를 바탕으로
간결미의 기능을 효과적으로 차용한 언어로 향토 의식을 조화
있게 가미해 또 다른 인생파적인 시 세계를 잘 보여 주었다.

마이산

ⓒ 정재영, 2017

초판 1쇄 인쇄 2017년 12월 5일
초판 1쇄 발행 2017년 12월 19일

지은이 | 정재영
발행인 | 강봉자·김은경

펴낸곳 | (주)문학수첩
주 소 | 경기도 파주시 회동길 192(문발동 513-10) 출판문화단지
전 화 | 031-955-4445(대표번호), 4500(편집부)
팩 스 | 031-955-4455
등 록 | 1991년 11월 27일 제16-482호

홈페이지 | www.moonhak.co.kr
블로그 | blog.naver.com/moonhak91
이메일 | moonhak@moonhak.co.kr

ISBN 978-89-8392-676-0 03810

「이 도서의 국립중앙도서관 출판예정도서목록(CIP)은 서지정보유통지원시스템
홈페이지(http://seoji.nl.go.kr)와 국가자료공동목록시스템(http://www.nl.go.kr/
kolisnet)에서 이용하실 수 있습니다.(CIP제어번호: CIP2017025577)」

• 파본은 구매처에서 바꾸어 드립니다.

문학수첩
시인선